Mandantin der Lust

Impressum

© 2023 Dunja Romanova

Druck und Distribution im Auftrag der Autorin:

tredition GmbH, Heinz-Beusen-Stieg 5, 22926 Ahrensburg, Deutschland

tredition GmbH, Abteilung "Impressumservice", Heinz-Beusen-Stieg 5, 22926 Ahrensburg, Deutschland.

Vorwort:

Sehr verehrte Leser,

vielen Dank für den Erwerb meines Buches.

Mandantin der Lust ist ein erotischer Kurzroman.

Doch nun zu meiner eigentlichen Person. Mein Name ist Dunja Romanova. Ich wurde 1982 in der ehemaligen Sowjetunion geboren. Seit meiner Kindheit habe ich Geschichten aller Art geschrieben. Je älter ich wurde, desto stärker wurde mein Wunsch, erotische Geschichten zu schreiben. Und das tue ich jetzt.

Ich halte mich an keine festen Konventionen. Keine starren Ideen oder allgemeine Sichtweisen. Manchmal schreibe ich aus der Sicht einer Frau, manchmal aus der Sicht eines Mannes. Weil meine Geschichten für beide Geschlechter gemacht sind.

Ich hoffe, meine Leser mit meinen "Werken" glücklich zu machen. Und zu erotischen Handlungen zu inspirieren. Die nachfolgende Geschichte ist zum Teil frei erfunden. Doch ein großer Teil basiert auf meinem eigenen Leben.

Deine Dunja

Mandantin der Lust

Sophie und Adrian waren seit zwölf Jahren miteinander verheiratet, beide waren siebenunddreißig Jahre alt. Sophie sorgte für den Haushalt und Adrian hatte es bis an die Spitze seiner Abteilung geschafft... Leider hatte sich ihr Sexleben auf einmal im Monat reduziert, wobei Adrian auch nicht mehr auf ihre Bedürfnisse einging. So saß Sophie viele Abende vor der Glotze, um ein wenig Abwechslung zu haben. Heute war wieder so ein Tag, Sophie hatte es sich auf dem Sofa bequem gemacht und schaute einen Krimi. Als der zu Ende war, kam eine Ankündigung auf den erotischen spät Film, der ab 18 sein sollte.

Da Adrian noch nicht zu Hause war und sie auf ihn warten wollte, entschloss sie sich den Film zu schauen. Der Titel "Die Geschichte der O" sagte ihr nichts: 'Aber wann hatte sie zuletzt mal einen solchen Film gesehen?' Sophie wurde nach wenigen Minuten, die der Film lief, unruhig, sie spürte, dass sie feucht wurde, was ihr zuletzt vor zwei Jahren im Theater passiert war, als sie in der Damentoilette aus der Kabine neben ihrer, Stöhnen hörte. Sophie hatte ihren Make-up Spiegel über die Kabinenwand gehalten und so ein Paar beim Liebesspiel beobachtet. Als Sophie aber bemerkte, dass die Frau zum Spiegel schaute, hatte sie schnell die Kabine verlassen.

Zu Adrian sagte sie nichts. Später im Bett war Adrian schnell eingeschlafen, was Sophie nicht schaffte, da sie immer noch an das Erlebte denken musste. Sie begann sich zu streicheln und befriedigte sich nach sehr langer Zeit neben ihrem Mann. Sophie hatte einen so intensiven Höhepunkt das Adrian davon wach wurde und fragte was sie hätte. Schnell erzählte sie ihm, dass sie einen Krampf in der Wade hätte. Doch Adrian war bereits wieder eingeschlafen.

Ja, jetzt hatte sie wieder das Bedürfnis sich zu streicheln. Doch es war noch etwas anderes was sie so erregte, Sophie stellte sich vor, sie wäre O und würde Sir Stephen dienen müssen. Als O dann zwischen den Säulen stand und gepeitscht wurde bekam sie den erlösenden Höhepunkt. Als der Film zu Ende war hatte sie nur noch einen Wunsch, sie wollte einmal so was erleben, als O... So ging sie ins Bett und träumte von O und Sir Stephen.

Am nächsten Morgen wurde sie recht früh wach, doch der Platz neben ihr war immer noch leer. Sie griff zum Telefon und versuchte ihren Mann zu erreichen. Doch im Büro war niemand mehr. Sein Handy war auch aus, es war alles merkwürdig. Adrian meldete sich sonst immer, wenn er nicht nach Hause käme. So frühstückte sie, als das Telefon klingelte und Adrian dran war. Er erzählte ihr dass er mit einem Kollegen gefahren wäre, da beide an einem Pogramm arbeiten wollten. Er hätte die Zeit einfach vergessen, doch jetzt würde er sich auf den Weg machen.

Sophie ging ins Bad, ließ sich Badewasser ein und betrachtete sich im Spiegel. Unbewusst verglich sie sich mit O. 'Klar, O war schlanker und jünger, aber trotzdem konnte sich ihr Körper sehen lassen.' Sie ärgerte sich, dass Adrian nur so selten mit ihr schlief. So legte sie sich in die Wanne und dachte an Sir Stephen. Wieder glitten die Finger zwischen ihre Beine, um sich zu streicheln. Doch kurz bevor sie ihren Höhepunkt erreichte, hörte sie die Haustür... Schnell hörte sie auf ließ das Wasser aus der Wanne, streichelte sie noch mal über ihr Schamhaar und flüsterte: "Vielleicht hat Adrian ja Lust hier unten mal nach dem rechten zu sehen?"

So ging sie nur mit einem Handtuch um den Körper zu Adrian der gerade dabei war sich auszuziehen, da er duschen wollte. Sophie fiel auf dass er sie gar nicht richtig ansah oder begrüßte. Ein leichter Kuss auf die Wange und weg war er. So hob Sophie die Kleidung, die Adrian auf den Stuhl geworfen hatte, auf, um die Sachen weg zu hängen. Dabei fiel aus dem Jackett ein Streichholzbrief. "Die Rote Laterne", las Sophie und was sie sonst noch nie gemacht hatte, sie kontrollierte seine Taschen. In seiner Geldbörse fand sie einen Zettel mit Telefonnummer und einem Lippenstiftabdruck darum. Für Sophie brach eine Welt zusammen, doch sie wollte erstmal sehen wie sich Adrian geben würde.

Sophie hatte sich angezogen und war dann in die Küche gegangen, um Essen zu machen. Adrian tat, als wenn nichts wäre und setzte sich dann in sein Büro, um zu arbeiten. Auch während des Essens war Adrian nicht sehr gesprächig. Als Freunde anriefen und sie zum Kaffee einladen wollten sagte Adrian, dass er müde wäre und erst mal ein Nickerchen machen wollte. Sophie war enttäuscht und dachte innerlich: 'Dieser falsche Hund!'

Als Adrian auf dem Sofa eingeschlafen war, wollte sie sich die Telefonnummer aufschreiben, doch der Zettel und das Briefchen waren weg. So schaute sie in den Papierkorb im Büro doch auch da war nichts. 'Er hat eine Affäre und ich Trottel spiele die liebende Hausfrau!' Für Sophie war klar, dass sie nicht mehr treu sein wollte. Ihr fiel sofort Sir Stephan ein, mit dem würde sie Adrian sofort betrügen. 'Leider nur ein Traum...!' So vergingen die Wochen, Adrian kam spät heim und war meist müde und mürrisch. Dann überraschte Adrian sie mit Karten für LILABE einem Faschingsfest Ende der Woche. So hatte Sophie was worauf sie sich freuen konnte.

Adrian erklärte ihr, dass er als Scheich gehen wollte. Sophie überlegte noch. Doch in ihrem Inneren hatte sie sich schon festgelegt: 'Sie wollte sich wie O zurechtmachen! Doch wo sollte sie so ein Kleid bekommen?' Sie ging am nächsten Tag in die Stadt, um nach dem Kleid zu suchen. Sie wollte schon aufgeben als sie am Bahnhof einen Beate Uhse Shop sah, dort hatte die Puppe im Schaufenster genau so ein Kleid an. Doch dort gingen nur Männer rein, so ging sie erst mal in ein Cafe und überlegte was sie machen könnte. Sie spürte ein Kribbeln an ihren Brüsten und zwischen den Beinen. Doch als sie sah, dass es ein Kommen und Gehen der Männer war, entschloss sie sich am nächsten Morgen noch mal herzufahren.

Pünktlich um zehn Uhr stand sie vor dem Shop. Sie hatte sich mit einem Glas Sekt Mut angetrunken. Die Verkäuferin begrüßte sie freundlich und bot ihre Hilfe an, wenn sie fragen hätte. Sophie nickte, wollte sich aber erstmal umschauen. Sophie wusste gar nicht wo sie zuerst schauen sollte. Alles in diesem Shop war neu und verwegen. Es kamen die ersten Männer rein die Sophie aber nicht beachteten, so wurde sie etwas ruhiger. In der Nacht hatte sie geträumt die Männer hätten sie im Shop belästigt und dann auch durchgezogen.

Als sie den Kleidständer mit diesem Kleid sah, ging sie hin und suchte nach ihrer Größe... doch ihre fehlte. Sie war enttäuscht, die Verkäuferin sah, dass Sophie wohl ihre Größe nicht finden konnte. So ging sie zu ihr, fragte nach ihrer Größe und Sophie nannte sie ihr. "Die Puppe im Schaufenster hat die Größe an", antwortete die Verkäuferin. Schnell hatte sie das Kleid geholt und gab es Sophie. Sie führte Sophie zur Umkleidebox, dort wartete sie vor der Box. Sophie zog sich bis auf Slip und BH aus und zog das Kleid über. Sophie gefiel sich im Kleid. Es hatte einen tiefen Ausschnitt, war rückenfrei und wurde nur am Hals und an den Hüften mit zwei Knöpfen gehalten. Die Verkäuferin fragte ob sie es auch mal sehen dürfte. So zog Sophie den Vorhang beiseite

und zeigte sich. Auch zwei Männern, die
gerade in der Nähe standen, schien es zu
gefallen.

Die Verkäuferin meinte, dass sie das Kleid ohne
BH tragen sollte, es ihr sonst aber sehr
gutstehen würde. Sophie öffnete den BH und
zog ihn aus. Durch das Fehlen des BHs
bemerkte sie, dass der Stoff an ihren Warzen
rau war. Sie griff zu der Stelle und zu ihrer
Überraschung stellte sie fest, dass dort extra ein
dünner Filzstreifen eingearbeitet worden war.

Die Verkäuferin erklärte ihr, dass es mit Absicht
gemacht wurde, um die Warzen einer Frau zu
stimulieren. Sie konnte sehen, dass ihre Warzen
sich durch den Stoff drückten. "Wenn es sie

stört, kleben sie es mit Tesa ab, dann werden sie nicht stimuliert. Doch es wäre schade, denn sie würden sich um einen Genuss bringen. Auch ich trage so ein Kleid, wenn ich weggehe." "Zu welchem Anlass wollen sie es denn tragen?" wollte die Verkäuferin noch wissen. "Zu einer Faschingsveranstaltung!" Sophie drehte sich im Kreis und betrachtete sich.

Durch das schnelle Drehen konnte man ihren Slip sehen. Die Verkäuferin hatte es auch gesehen und sofort kam ihr Vorschlag: "Lassen sie den Slip auch weg, rasieren sie sich den Urwald weg, ziehen sie schwarze Netzstrümpfe drunter, dann werden sie bestimmt ihren Begleiter den ganzen Abend an ihrer Seite haben." Sophie bat um solche Strümpfe, die sie auch anprobierte. Als sie jetzt aus der Box trat, sah sie nicht mehr wie Sophie aus, sondern sie sah ein bisschen wie O aus, die von Sir Stephen eingekleidet worden war.

Die Verkäuferin brachte einen Karton, den sie Sophie gab mit der Bemerkung: "Das fehlt noch, um ihr Outfit komplett zu machen!" Sophie öffnete den Karton und sah ein Paar schwarze Lackpumps mit zehn Zentimeter hohen Absätzen. Schnell schlüpfte sie in die Pumps. Mit den Pumps sah sie noch schöner aus, doch etwas fehlte noch.

"Haben sie auch Halsbänder mit Ring?" Dabei wurde sie verlegen. Doch die Verkäuferin lächelte sie an und zeigte ihr wo sie so ein

Halsband finden konnte. Sophie staunte über die Auswahl, entschied sich dann für ein schmales schwarzes Lederband mit goldenem Ring. Kurz überlegte sie, dann legten ihre eigenen Hände es ihr um den Hals und befestigten es. Ein Blick in den Spiegel reichte. 'Ja, jetzt sah sie so aus wie sie es wollte!' Die Verkäuferin machte ihr ein Kompliment über ihr Aussehen: "Vielleicht sollten sie auch Handschellen mitnehmen, damit ihr Begleiter sich an sie ketten kann?" Sophie überlegte ob Adrian das überhaupt wollte...! Nein, sie war sich sicher er würde ihr dieses Kostüm so bestimmt nicht erlauben. Doch sie war sich sicher, dass sie nur so zum Fasching gehen wollte. 'Dann wird sich zeigen wie Adrian sich gibt, ob er noch was von ihr will?'

Entschlossen zog sich Sophie wieder um und bezahlte alles. Ihr Herz schlug schnell als sie den Laden verließ. Sie ging ins Café, setzte sich in eine Ecke und betrachtete sich ihre Beute noch mal. Bei einem Kaffe überlegte sie wie es weiterginge, wenn Adrian nicht mit dem Kostüm einverstanden wäre. Doch sie fühlte sich stark genug, um ihm die Stirn zu zeigen. 'Dann gibt es bestimmt jemand anderen mit dem sie glücklich sein wird. Sie wollte nicht mehr sein Heimchen sein!'

Am Abend kam Adrian wieder spät nach Hause, Sophie bemerkte den Parfumgeruch gleich, als er ihr einen Kuss gab, doch sie sah auch den Lippenstift, der in seinem Nacken zu sehen war. Doch sie sagte wieder nichts! Für Sophie war klar, dass sie ab Freitag 21 Uhr, wenn das Faschingsfest begänne, sich jemanden suchen würde. So verging die Woche.

Am Freitagmittag hatte sie dann doch Zweifel, ob sie wirklich so gehen sollte. So rief sie bei Laura, ihrer besten Freundin, an, um mit ihr zu reden. Laura erzählte ihr, dass sie als Nonne bei einer Party vor einer Woche gegangen wäre, mit viel Erfolg. 'Das war die Lösung', dachte Sophie. Laura war bereit ihr das Kostüm zu leihen und wollte es ihr gleich bringen. Nach dreißig Minuten war Laura da. Sophie wollte sie schnell wieder loswerden, doch Laura hatte den Wunsch, das ursprüngliche Kostüm zusehen. Sophie überlegte, 'sie war mit ihr durch dick und dünn gegangen', so holte sie es raus und zeigte es Laura, aber sie erzählte ihre auch über die Vermutung, dass Adrian eine andere hätte. Laura staunte über das Kleid und Sophie, so kannte sie sie nicht. 'Das hätte sie Sophie nicht zugetraut, nein nicht mal sie wäre mit diesem Kleid auf die Party gegangen.'

"Zieh es mal an, ich möchte dich in dem Kleid sehen." Sophie zog es an, das Halsband ließ sie weg. Sie trug auch einen schwarzen Slip. Laura suchte nach Worten, doch außer "Wahnsinn wie gut ihr das Kleid steht", fiel Laura nichts ein. "Du solltest aber einen anderen Slip tragen, denn den kann man sehen." Sophie erzählte ihr was die Verkäuferin vorgeschlagen hatte. Laura kam zum gleichen Ergebnis. "Das wäre natürlich am besten, man sieht nichts und du kannst ja Theoretische einen fleischfarbenen

Slip tragen. Mich wundert sowieso, dass du so einen Urwald dastehen hast. Den hätte ich schon längst gerodet!" Sophie schaute sie an und bemerkte, dass sie bei dem Thema feucht wurde.

Sie nahm ihren Mut zusammen und bat Laura ob sie das machen könnte, da sie Angst hätte sich zu schneiden, wusste Sophie doch, dass Laura dort immer sehr kurz war. Beide gingen Richtung Bad. An der Küchentür blieb Sophie stehen, ging in die Küche zum Kühlschrank und holte eine Flasche Sekt raus. Sie nahm zwei Gläser, um dann damit zu Laura ins Bad zu gehen. Während Laura den Sekt auf die Gläser verteilte duschte sich Sophie. Dann zeigte sie Laura wo Adrian sein Rasierzeug hatte. Sie setzte sich in die Wannenecke, spreizte ihre

Beine, nahm einen großen Schluck und schaute zu Laura. Sie hatte einen Elektrorasierer gefunden, mit dem sie den Urwald entfernte.

Danach schäumte sie die Stoppeln ein, wobei Laura feststellte, dass es dort schon sehr feucht war. Sophie hatte die Augen geschlossen als Laura mit der Nassrasur begann, wobei auch sie ihre Erregung spürte. Besonders als Laura ihre Schamlippen etwas in die Länge zog, um dort zu rasieren. Nach der Rasur griff Laura nach Sophies Feuchtigkeitscreme, mit der sie sich einreiben sollte, so würde es nicht jucken. Sophie nahm einen Klacks und verrieb ihn auf ihrer Muschi. Dabei fühlte sie sich wie ein junges Mädchen, so nackt, aber auch stolz, es gemacht zu haben.

Laura holte das Kleid, die Strümpfe sowie die Schuhe. Sophie zog alles an, dann gingen sie zum Flurspiegel wo Sophie begann sich zu drehen. Das Kleid hob sich und gab den Blick auf das darunter frei. So wie die Verkäuferin und Laura gesagt hatte es fiel nicht auf. Laura meinte: "Hast du eine Perlenkette?" Sophie verneinte, um dann das Lederhalsband aus dem Schlafzimmer zu holen. Sie legte es sich gleich an und trat dann in den Flur wo Laura gerade einen Schluck Sekt trank. Sie sah das Lederband und es kam ein Nicken von ihr: "Ja, Sophie das ist noch besser als eine Perlenkette!" "Kann ich mir das mal ausleihen?" fragte Laura, "damit werde ich bestimmt auch noch mal einen Mann bekommen."

Ein Blick auf die Uhr sagte Sophie, dass Adrian jeden Moment kommen müsste. So probierte Sophie das Nonnenkostüm. "Auch das steht dir", lächelte Laura. "Doch als was wirst du denn nun gehen?" wollte Laura wissen.

"Beides", war die Antwort von Sophie, "erst als Nonne und dann als, ja wie würdest du dieses Outfit bezeichnen?" Laura überlegte: "Vamp?" Sophie erzählte von dem Film und da stimmte Laura ihr zu. "Ja, so könnte O auch aussehen!"

Da hörten sie, dass Adrian nach Hause kam. Er kam ins Wohnzimmer und begrüßte beide, sah sich das Kostüm an und meinte: "Scheich und Nonne das passt!" Und schon war er verschwunden. "Du hast es doch gehört", lächelte Sophie, "aber das andere bleibt drunter, so kann ich wechseln." Laura holte aus

der Tasche noch eine Maske für die Augen.
"Für dein anderes Kostüm!" Sie gab Sophie
noch einen Kuss und verließ sie dann. Sophie
schminkte sich, da kam Adrian als Scheich. Er
drängte zum Aufbruch da es schon spät wäre.

Im Taxi erzählte Adrian ihr beiläufig, dass noch
drei Mitarbeiter aus seiner Abteilung mit
Frauen, kommen würden. "Es wäre schön,
wenn ihr Frauen feiert und wir Männer auch
mal für uns feiern können." Da sie am Ziel
waren, konnte Sophie ihren Unmut nicht mehr
loswerden.

Adrian zahlte das Taxi und sie gingen zum
Eingang wo bereits die anderen auf sie
warteten. Adrian stellte Sophie kurz vor, dann

wünschte er den Damen viel Spaß und schon waren die Herren verschwunden. Sophie schaute ihm nach, wurde dann aber von den anderen Damen in die Mitte genommen und man stürzte sich ins Vergnügen. Die Frauen hatten sich wohl abgesprochen, denn alle drei trugen ein Dirndl. Sophie war unglücklich über das ganze, doch erstmal wollte sie sehen was noch so passierte.

Nachdem man in allen Räumen gewesen war, stellten sich die Frauen an den Sektstand und man trank erstmal einen Sekt. Doch die drei Frauen unterhielten sich nur untereinander und ließen Sophie links liegen. Als der Sekt leer war, bekam Sophie Schmetterlinge im Bauch. 'Hier waren so viele schöne Männer, die sie kennen lernen könnte!' So drehte sie sich um und keiner der andern fiel es auf.

Sophie ging Richtung Toiletten. Vor dem Damen WC war eine lange Schlange, sie sah aber, dass auch Frauen auf das Herren WC gingen. So ging sie auch mutig dort hinein. Schnell stellte sie sich hinter eine, als Hase verkleidete Frau und wartete. Es wurden zwei Kabinen frei und sie huschte in eine freie Kabine rein. Schnell hatte sie das Nonnenkostüm ausgezogen und sich das Halsband und die Augenmaske angelegt. Sophie schaute noch mal an sich runter, griff zum Nonnenkostüm, wickelte es zusammen und verließ die Kabine. Den Männern, die vor der Kabine warteten fielen fast die Augen raus. Schnell verließ Sophie das WC, gab das

Nonnen Kostüm an der Garderobe ab, um sich jetzt in ihre persönliche Faschingsparty zu begeben.

Doch etwas wollte sie wissen, Sophie hielt Ausschau nach den Männern. Nach kurzer Zeit entdeckte sie sie auch an einem Tresen. Adrian hatte eine junge Frau im Arm und sprach mit ihr. Sie war als Schulmädchen zurechtgemacht, mit Ranzen. Auch die anderen Männer unterhielten sich mit Frauen. Alle gingen in einen Raum wo es dunkel war und die Musik dezenter. Sophie wartete kurz, bevor sie auch den Raum betrat. Auch hier war es sehr voll, doch sie fand Adrian sehr schnell in einer Ecke auf einem Stuhl sitzend... wobei das Schulmädchen auf seinem Schoß saß und sie sich küssten. Adrian schaute sich um, hob sein Gewand an, griff unter den Rock vom Schulmädchen und zog ihr den Slip aus. Sophie war fassungslos! Doch das Schulmädchen nahm seinen Schwanz in die Hand und führte ihn in ihre Muschi ein. Beide begannen sich langsam zu bewegen, wenn Sophie nicht das davor gesehen hätte, sehe es aus, als wenn die beiden sich zur Musik bewegten.

Sophie wollte gerade gehen, als sich ein als Polizist verkleideter Mann, vor sie stellte und ihr erklärte: "Das Herumlungern und warten auf Freier ist verboten!" Er müsste sie festnehmen. Sophie schaute dem Polizisten in die Augen, wollte was sagen, doch sie hatte den Wunsch sich von ihm festnehmen zulassen.

Der Polizist nahm seine Handschellen aus der Tasche und gab Sophie zu verstehen, sie sollte sich umdrehen, kein Aufsehen machen, da er ihre Handschellen anlegen müsste. Als die Handschellen sich um ihre Gelenke legten, spürte sie wieder dieses Kribbeln im Bauch, ihre Nippel, die sich verhärteten, sowie eine Nässe zwischen den Beinen. Der Polizist flüsterte ihr ins Ohr, dass er sie jetzt auf Waffen untersuchen würde.

Sie bemerkte die Hand, die ihren Rücken streifte und dann den Weg nach vorn zu ihren Brüsten nahm. Als er ihre harten Nippel bemerkte, fragte er ob sie dafür einen Waffenschein besäße. Doch die Hände waren noch nicht fertig, sie suchten jetzt den Bauch ab und glitten von da langsam zwischen ihre

Beine. Sophie begann zu zittern, so erregte es sie. Dann waren die Hände an ihrer Muschi und ein Finger fand den Weg in ihre Muschi. Doch der Finger wurde viel zu schnell zurückgenommen. Dafür hielt der Polizist ihr den Finger hin und Sophie machte ihren Mund auf, um den Finger mit der Zunge zu reinigen.

Ein Blick zu Adrian zeigte ihr, dass die beiden immer noch am Vögeln waren. So bat sie den Polizisten er möge sie von hier wegbringen. Der Polizist schaute sie an, lächelte und führte sie am Arm aus dem Raum. Sie gingen durch zwei andere Räume und gelangten in einen Raum, in dem ein Video gezeigt wurde. Hier nahm er Sophie in den Arm und küsste sie. Gern hätte sie ihn umarmt, doch ihre Hände waren auf dem Rücken noch in Handschellen.

Sie drückte sich dicht an ihn ran, so spürte sie seinen Schwanz der hart gegen ihre Muschi drückte. Sophie genoss das Gefühl sehr und er begann wieder ihren Körper abzutasten. So brachte er Sophie schnell wieder dazu, dass sie nur einen Wunsch hatte... sich nehmen zu lassen. Doch jedes Mal kurz bevor sie kommen konnte, hörte er auf. Sophie flehte ihn an, dass er sie bitte kommen lassen möge. Doch der Polizist schüttelte nur den Kopf. "Was erhalte ich denn dafür?" wollte er wissen.

"Alles was sie möchten, da ich mich nicht wehren kann", hauchte Sophie. Er holte die Schlüssel für die Handschellen aus seiner Hose und schloss sie auf. Sophie war enttäuscht da sie dachte er hörte jetzt auf, doch hatte er nur eine Seite der Schellen geöffnet. Er nahm ihre Arme und hob sie über ihren Kopf. Dort lief eine Gerüststange und über dieser Stange machte er die Handschellen wieder an ihren Armen fest. Jetzt war es Sophie nicht mehr möglich sich zu bewegen da sie gerade noch so stehen konnte. Wieder begann der Polizist sie zu streicheln, doch diesmal öffnete er den Knopf vom Kleid am Hals. Dadurch fielen die Stoffbahnen lose nach unten. Er nahm ihre Nippel in den Mund, was für sie auch neu war. Wieder spielte er mit ihr!

Sophie schaute zu den Leuten, die sich noch im Kino befanden, doch die waren auch alle selber mit sich beschäftigt. Er küsste sich Richtung Bauchnabel runter, hörte dann aber wieder auf und Sophie bettelte er sollte weitermachen. Der Polizist kam hoch und zeigte auf den Knopf an der Hüfte, der das Kleid zusammenhielt: "Er stört mich!" Sophie überlegte was das bedeuten würde, doch dem Polizisten dauerte ihre Antwort zu lange.

Er stand auf und flüsterte ihr ins Ohr: "Ich lasse dich für zehn Minuten allein, hoffe dass du es dann weißt was du möchtest?" Schon drehte er sich um und verließ das Kino. Sophie wollte ihm hinterher rufen er solle den verdammten Knopf öffnen, doch dann hätten vielleicht die anderen im Kino sie so stehen sehen. Sie schaute ihm nach und glaubte an einen Scherz, als er ging. Doch dann war er aus dem Raum. Ihr wurde erst jetzt bewusst, dass sie halb nackt hier an die Stange gefangen war und jederzeit jemand sich an ihr bedienen könnte.

Doch die Feuchtigkeit zwischen ihren Beinen sprach eine andere Sprache. Es kamen immer wieder Leute rein, doch sie ließen Sophie in Ruhe. Dann erschien der Polizist wieder im Kino, er hatte ein Glas Sekt und ein Bier in der Hand. Als er vor ihr stand hielt er ihr das Glas Sekt an den Mund.

Schnell begann Sophie zu trinken. Doch er hielt das Glas so, dass Sekt an ihren Mundwinkeln vorbei auf ihren Körper tropften. Sophie versuchte zwischen Trinken und Schlucken ihm zu sagen er solle ihr den Knopf öffnen damit der Sekt nicht ins Kleid liefe. So zeigte er auf den Knopf: "Meinst du diesen?" Sophie nickte und er nahm ihr das Glas von Mund, griff zum Knopf, öffnete ihn und sofort fiel das Kleid zu

Boden. Er hob es auf, dabei gab er ihrer rasierten Muschi einen Kuss und begann dann ihre Muschi zu lecken. Sophie öffnete ihre Beine so gut es ging in der Hoffnung, es würde ihm gefallen und er würde ihr einen Höhepunkt schenken. Doch er hörte wieder auf, um sie zu küssen und jetzt schmeckte sie das erste Mal ihren eigenen Saft.

Er überlegte ob das alles real war, wie diese Frau aussah und was sie alles mitgemacht hatte, auf Grund einer billigen Anmache. 'Besonders schön fand er, dass sie rasiert war. Seine Ex Frau hatte da immer einen Urwald gehabt, wenn er sie geleckt hatte musste er danach immer erstmal mit Zahnseide die Haare wieder zwischen den Zähnen entfernen.

Doch dann hatte sie ihn wegen einem anderen verlassen.'

Sophie küsste ihn sehr leidenschaftlich, dabei spürte sie sein bestes Stück. Er öffnete seinen Hoseschlitz, holte seinen Schwanz raus und setzte ihn an ihre Muschi. Er schaute ihr dabei in die Augen. Sophie spürte seinen Schwanz, sie drückte sich gegen ihn, der den Weg in ihre Muschi fand. Sophie genoss es genommen zu werden und es störte sie nicht, dass sie nackt gefesselt auf einer Faschingsveranstaltung von einem ihr Unbekannten gefickt wurde. Es dauerte auch nicht lange da bekam sie bereits einen Höhepunkt. Doch er machte immer weiter, so kam es ihr noch mal, doch als er kam hatte er sich aus ihr zurückgezogen so dass er ihr gegen ihre Beine gespritzt hatte, auf ihre Strümpfe.

Sophie schaute ihn zärtlich an und leise flüsterte sie ihm zu: "Danke, das war wunderschön auch dass du nicht in mir gekommen bist." Er holte den Schlüssel raus und öffnete ihr die Handschellen. Er steckte sie weg, gab ihr das Kleid wieder und beide wussten nicht wie es weitergehen sollte. Sophie nahm seine Hand und führte ihn an die Beach-Bar. Dort bestellte sie für beide einen Cocktail.

Er hatte zwei Sonnenliegen in der Ecke belegt, so dass sie beide ihren Cocktail genießen können. Sophie ließ ihre Beine an den Seiten der Liege runterhängen und dadurch konnte man unter ihr Kleid sehen. Ihr war bewusst, dass jetzt auch andere unter ihr Kleid sehen konnten. Doch es war ihr egal, sie wollte ihm zeigen, dass sie bereit wäre für ihn. In seinen Augen sah sie, dass es ihm auch gefiel. Er stellte sich jetzt erstmal bei ihr vor. Kevin war sein Name, er war drei Jahre jünger als sie. Doch das war ihr egal. Beide erzählten sich was sie bisher gemacht hätten.

Als Sophie sich umschaute sah sie, dass die drei Dirndl-Frauen in die Beach-Bar kamen. Sophie stand auf und ging an den Tresen wo die drei standen und sich was bestellten. Dabei hörte sie, dass sie nach Sophie suchten, aber keine Lust mehr hätten. "Vermutlich ist sie längst zu Hause, ist doch auch Mist Kindermädchen für Adrian seine Frau zu machen. Komm lass uns jetzt auch mal Spaß haben." Sophie war wie vor den Kopf gestoßen: 'Er hatte ihr also die drei als Aufpasser ausgesucht! Na, warte Adrian!'

Sie ging zu Kevin zurück, setzte sich auf seinen Schoß und küsste ihn. Dann erzählte sie ihm alles, über Adrian, den Film und was die drei gesagt hatten. Kevin sah sie an, streichelte über ihre Wange und bot sich an den Abend zusammen zu verbringen, wobei sie alles was sie wollte er ihr erfüllen würde. Sophie spürte, dass sein Schwanz schon wieder hart wurde, so bat sie ihn er möge ihn ihr wieder in ihre Fotze stecken. Kevin nickte, wollte aber einen anderen Platz suchen.

So gingen beide durch die Räume, sie mussten eine Treppe hoch, von hier sah man nach unten auf eine Bühne. Kevin zog Sophie an die Brüstung und stellte sich hinter sie. Sie wusste sofort was er vorhatte, bückte sich nach vorn, schaute auf die Menge unter ihnen und spürte wie Kevin sanft in sie eindrang. Jetzt bewegten sich beide nach der Musik. Sophie musste schmunzeln: 'Wie schnell man plötzlich selber so was macht!' Kevin flüsterte in Sophies Ohr ob sie nicht Lust hätte, den Knopf an ihrem Kleid wieder zu öffnen und denen da unten ihre Brüste zu zeigen. Sie schaute Kevin an, nickte und öffnete den Knopf. Ja, Sophie hatte den Wunsch sich zu zeigen, sowie zu genießen.

Beides tat sie gerade! Kevin bewegte sich nur unregelmäßig in Sophie, so dass sie ihn bat er möge sie fester stoßen. Als der Wunsch ausgesprochen war, griff sie zum zweiten Knopf und legte das Kleid neben sich. Kevin sah es und stieß fester zu. Sophie bekam ihren Höhepunkt, doch Kevin machte immer noch weiter. Da Sophie glaubte, dass sie wund gefickt wäre, drehte sie sich von Kevins Schwanz und ging vor ihm in die Hocke. Sie begann ihn mit dem Mund zu verwöhnen. Unbewusst verglich sie den Schwanz mit Adrians. 'Er war eindeutig länger und dicker!'

Kevin stöhnte auf und kündigte seinen Höhepunkt an, doch Sophie machte weiter bis er sich in ihrem Mund ergoss. Sophie schluckte es wobei sie feststellte, dass er nicht so salzig schmeckte wie Adrians Sperma. Sophie sah, als sie wieder stand, dass sie Zuschauer hatten,

doch es war ihr egal, sie war eine Frau, die ihre
Lust nach zwölf Jahren wieder gefunden hatte.

Sie zog sich ihr Kleid wieder an, dann gingen
sie nach unten und tanzten den Rest des
Abends. Kevin wurde immer ruhiger, er traute
sich nicht, Sophie zu fragen ob sie ihn
wiedersehen wollte. Als dann die Durchsage
kam, dass in dreißig Minuten, die Party zu Ende
wäre, stellte Sophie ihm die Frage. Kevin
lächelte, nahm sie in den Arm und erklärte ihr,
dass auch er sie wiedersehen wollte. Beide
gingen danach Richtung Garderobe. Sophie
wurde bewusst, dass sie ja mit ihrem Mann hier
war und sie auch noch das falsche Kostüm
anhatte. So bat sie Kevin er möge ihr das
andere Kostüm holen, da sie nicht wüsste ob
ihr Mann dort auf sie warten würde. Er kam

schnell mit dem Nonnenkostüm wieder. 'Hatte er etwa Angst, dass sie weg ist?' Sie zog es sich an, überlegte kurz, dann öffnete sie die beiden Knöpfe vom Kleid und gab es ihm. "Bitte bewahre es für mich auf, wenn wir uns wieder sehen möchte ich es für dich tragen." Sie gingen beide zur Garderobe, um ihre Mäntel zu holen. Von Adrian war nichts zu sehen, von den anderen auch nicht, so nahm sie den Vorschlag von Kevin an und sie fuhren mit dem Taxi.

Im Taxi bedankte sich Kevin noch mal für den schönen Abend. Dabei glitt seine Hand noch mal unter die Nonnenkutte bis zu ihrer rasierten Muschi die immer noch Hochwasser hatte. Viel zu schnell waren sie bei Sophie vor der Tür. Sie wollte ihm Geld geben für die Fahrt, doch

Kevin lehnte ab. Sophie bat den Taxifahrer um Zettel und Stift, dann schrieb sie ihm zwei Telefonnummern auf, von Kevin bekam sie auch zwei Nummern. Ein letzter Kuss und schon war Sophie aus dem Taxi. Gern wäre sie heute Nacht bei ihm geblieben, doch erstmal musste sie sehen was mit Adrian wäre, wobei sie zurzeit Lust hätte, ihn vor die Tür zu setzen.

Ein Blick zu ihrer Wohnung hoch, zeigte dass alles dunkel war. So ging sie in ihre Wohnung, doch er war nicht da. Schnell schlüpfte sie aus dem Nonnenkostüm und duschte sich, wobei sie als sie ihre Muschi mit Seife wusch, feststellte dass sie wund war. Anschließend legte sie sich schlafen. Sie träumte nur von Kevin und sie war wieder auf der Faschingsparty.

Wach wurde sie durch Klingeln an der Haustür, ein Blick auf die Uhr sagte ihr, dass es bereits Mittag war. Schnell zog sie sich ihren Bademantel an und ging zur Tür. Vor der Tür stand Adrian... Er hatte ein blaues Auge, eine dicke Lippe... er sah schlimm aus. Sein Kostüm war dreckig und voller Blut. Neben ihm stand ein Polizist, den sie erst nicht bemerkt hatte. Er wollte nur von Sophie bestätigt bekommen, dass das ihr Mann wäre. Sophie bestätigte es ihm, mit dem Zusatz: "Leider!" Adrian ging an ihr vorbei direkt ins Bad. Sophie zog sich an und wartete in der Küche auf Adrian. Doch er ging vom Bad direkt ins Bett. Sophie nahm ihren Schlüssel, sowie das Nonnenkostüm und fuhr mit dem Auto zu Laura. Schließlich hatte sie ihr versprochen alles zu berichten, doch wollte sie auch einen Rat von ihr.

Laura schlug vor Essen zugehen und so gingen beide zum Italiener um die Ecke. Laura sah es Sophie an, dass etwas Tolles passiert sein musste, Sophie hatte ihr Lächeln wiedergefunden, das sie seit ihrer Hochzeit mit Adrian verloren hatte. Laura hatte ihr damals höchstens fünf Jahre gegen, doch Sophie hatte es, bis jetzt, zwölf Jahre ausgehalten. Nach dem Aperitif hielt es Sophie nicht mehr aus. Sie erzählte alles, was in den letzten zwölf Stunden gewesen war. Als sie zu Ende erzählt hatte, ohne dass Laura sie einmal unterbrochen hatte, waren sie bereits beim Nachtisch.

Laura hatte nur einen Tipp für Sophie: "Für das was Adrian mit dir gemacht hat, schmeiß ihn raus und genieße deine neue Freiheit! Was du mir über Kevin erzählt und erlebt hast, ist so schön, da wäre ich gern dabei gewesen. Genieße ihn, solange es geht!" Ja, sie wollte Kevin genießen. Das sagte sie auch Laura. Sie hörten ein Handy klingeln, aber erst als Laura auf Sophies Handy zeigte griff sie danach. "Unbekannter Anrufer" stand im Display. Sophie meldete sich und sie hörte seine Stimme. Laura stand auf, so dass Sophie die Möglichkeit hatte, allein mit ihm zu reden.

Kevin wollte sich mit ihr treffen, doch Sophie bat ihn, sich heute nicht mehr zu treffen. Sie erzählte ihm, wie und wann Adrian nach Hause gekommen war. Kevin stimmte zu unter der Bedingung, dass sie sich am nächsten Tag treffen würden. Sie versprach es ihm. Laura kam wieder, sie zahlten und gingen.

Als Sophie die Haustür öffnete sah sie Adrian, der gerade einen Koffer packte. Sie ging zu ihm, da sie wissen wollte warum er packen würde. Doch Adrian machte ihre Vorwürfe, dass sie ihn auf dem Fest in Stich gelassen hätte. Das blaue Auge hätte er bekommen als er sie gesucht hätte und die falsche Nonne belästigt hätte. Er wollte wissen wo sie gewesen wäre. Sophie schaute ihn an, überlegte kurz und dann ließ sie ihren Ärger raus. Sie erzählte ihm von der Visitenkarte und was sie mit dem Schulmädchen gesehen hatte.

Plötzlich wurde Adrian blass! Das hatte er nicht erwartet, doch es kam noch schlimmer für ihn. Sophie half ihm beim Packen und ohne, dass er es wirklich wollte stand er vor der Tür. Sophie legte ihm nahe sich einen Anwalt zu nehmen, da sie ab sofort Unterhalt von ihm erwartete. Adrian drohte Sophie sie würde in der Gosse landen, ohne einen Pfennig Geld. Doch das war ihr egal, sie griff zum Hörer und wählte Kevins Nummer. Nach zweimal Klingeln war er dran. Sie erzählte ihm, dass sie doch Zeit hätte, und sie ihn sehen wollte. Er schlug vor mit ihr in ein Café zu gehen. Sophie bestätigte ihm, ihn in einer Stunde im "Café Adler" zu treffen. Sie rief noch kurz bei Laura an, um auch ihr vom Auszug Adrians zu berichten.

Dann zog sie sich aus, duschte, nahm sich aus dem Kleiderschrank ihren Pelzmantel, zog sich halterlose Strümpfe sowie die Pumps an, schloss den Mantel und machte sich auf den Weg. Kevin wartete bereits. Er stand auf um ihr aus dem Mantel zu helfen doch sie öffnete ihn, so dass er sehen konnte wie sie darunter gekleidet war. So setzte sie sich ihm gegenüber, ohne den Mantel wieder zuzuschließen. Die Kellnerin starrte sie an, nahm aber die Bestellung auf und verließ den Tisch. Kevin genoss wie sich Sophie zeigte und gab und er fragte was passiert wäre. In kurzen Worten erzählte sie ihm alles.

Als sie erwähnte, dass sie einen guten Anwalt bräuchte, gab Kevin ihr einen Kuss und seine Visitenkarte. Sophie schaute drauf und las

"Rechtsanwaltskanzlei Leising Spezialgebiet Scheidung"! Sie bat ihn um einen Termin am Montag. Kevin wollte sich drum kümmern, doch erstmal würde er sich um seine neue Mandantin kümmern... Sie tranken schnell aus und gingen zu Sophie.

Zeitfracht Medien GmbH
Ferdinand-Jühlke-Straße 7
99095 Erfurt, Deutschland
produktsicherheit@kolibri360.de